AF349449

Andrea Baratto

FAVOLE 4.0 + 1

Per bambini grandi adulti
e vecchi moderni

ISBN | 978-88-27861-41-7

Disegni e illustrazioni:

Viviana Sofia Vianello: parte centrale di pg.27
Enrico Prina: pag.47 e 51
AleCrì: parte centrale della copertina e di pg.59
Valentina Prina: parte più bella della copertina

Le rimanenti sono dell'autore.

A Valentina e Antonella

e a tutte le Donne con "D" Maiuscola

INDICE

PREMESSA

Questo libro di favole è nato in fretta, frutto dei ritagli di tempo che mi concedo dalla mia occupazione primaria d'ingegnere, consulente d'azienda *freelance*.

Chiedo quindi venia di eventuali refusi o se leggendolo avvertirete la sensazione che qualche racconto poteva essere maggiormente affinato e perfezionato, approfondito e dettagliato meglio in alcune parti ed arricchito con immagini più curate ed evocative.

Ho voluto pubblicarlo egualmente, primo perché mi piace condividere i miei racconti "al grezzo", come viaggi nella fantasia o frammenti di sogno, nella speranza che qualcuno, oltre a farsi una risata, possa cogliervi anche delle morali, (lungi da me l'etichetta di moralista).

Secondo perché ho imparato che la perfezione non esiste ed è meglio fare qualcosa di migliorabile subito, che il *non plus ultra* mai.

Terzo perché in realtà ho in mente qualcosa per renderlo maggiormente *coinvolgodibile*.

Già dal titolo potreste aver intuito un certo richiamo alla trasformazione tecnologica *Industry 4.0*, in atto in molti paesi in ambiente produttivo, (chi non sa significhi può leggersi la definizione da Wikipedia, *https://it.wikipedia.org/wiki/Industria_4.0*).

Il mio desiderio è di trasformare questo libro in qualcosa di interattivo, con cui il lettore possa giocare, mettendo alla prova la propria creatività ed il proprio coraggio di lasciarsi andare e partecipare ad un progetto di condivisione delle Idee e delle Arti che ciascuno di noi possiede e può riscoprire dentro di sé: storie, favole e pensieri, disegni, foto, schizzi, audio-video, musica , performance teatrali, poesie, frattali o quant'altro possa essere divulgato a mezzo web.

Ho creato pertanto un sito (*www.barattostories.it*) cui potete accedere anche tramite QR-CODE stampato nell'ultima pagina. Il sito dovrebbe diventare un luogo d'incontro, una specie di Officina o Fucina di talenti, nuovi e inespressi o già consolidati e famosi, che riunisca pensieri e anime, liberandole dalle convenzioni e/o dalle paure di non essere compresi o all'altezza, o di essere sempre criticati.

Un altro obiettivo, ambizioso lo riconosco, è quello di distogliere le nostre menti dal quei mezzi micidiali, che sono i cellulari, i social e il web in genere, per far ritrovare il piacere di essere proattivi, di creare e condividere positività.

La sfida è il tentativo di scardinare il predominio della tecnologia passiva, utilizzando gli stessi mezzi che rischiano di farci diventare schiavi moderni, per riportarci invece ad un Nuovo Rinascimento Italiano.

Grazie mille a Tutti quanti vorranno accettarla e contribuire.

Buon divertimento e STAY CONNECTED!

Andrea Baratto

ZITA, LA ZANZARA ZEN

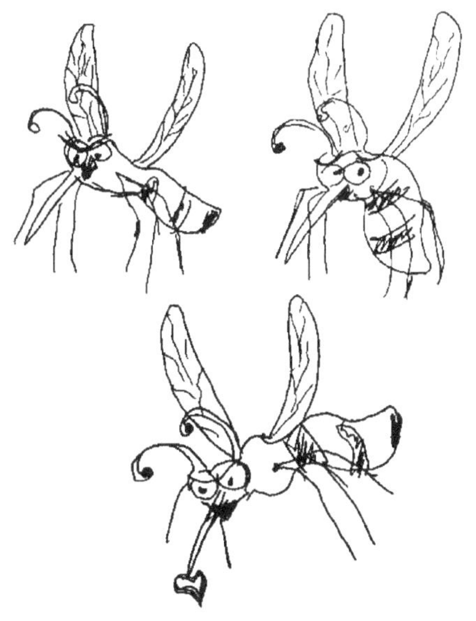

Se guardiamo il vocabolario alla voce zanzara potremmo trovare che la *zinzola* [dal tardo latino] è un "insetto dei *Culicini (Culex Pipiens)* dai costumi crepuscolari e notturni, che si sviluppa in acque stagnanti PURE e IMPURE, ben nota per le fastidiose punture che le femmine infliggono all'uomo e ad altri vertebrati con il loro apparato boccale succhiatore perforante, per mezzo del quale, attraverso un canale salivare situato sulla ipofaringe, iniettano un irritante saliva anticoagulante assorbendo al tempo stesso il sangue attraverso un canale formato dal labbro superiore".

Già dalla definizione sopra, tratta dal dizionario della lingua italiana Devoto-Oli, si può capire quanto insistente, molesta e insopportabile, possa essere questa creatura, femmina o maschio che sia. E d'altronde… conoscete qualcuno a cui piacciono le zanzare?

Io no! Anzi personalmente le odio proprio, o meglio le odiavo, finché non conobbi la storia di Zita, la Zanzara Zen, detta anche Zik-Zak in qualche parte del mondo. Ora meglio che non andiate a controllare sul vocabolario di prima cosa significa Zén, perché potrebbe fuorviare. Ci basti dire che in giapponese ZEN=BENE, per intuire che Zita non era la classica zanzara rompiscatole e succhia-sangue, anche se in effetti i suoi succhielli li faceva anche lei, ma a fin di bene. Si dice che la zinzola Zita Zik-Zak avesse origini cinesi e proprio in Cina avesse appreso l'arte dell'agopuntura, studiando a fondo la natura animale ed umana. Ora non voglio annoiarvi con l'elencazione di come siamo fatti, dei nostri 72.000 e passa canali energetici o CHAKRA, e di come si possa agire su di essi per provare dolore o, meglio, piacere.

Di queste teorie ci sono intere biblioteche, reali e virtuali, a disposizione. Però vi basti sapere che Zita (d'ora in poi la chiameremo solo così) aveva approfondito assai queste tematiche. Era stata anche in Giappone, per affinare le tecniche e provarle sui corpi dei Samurai, rischiando più volte di morire infilzata durante un KARAKIRI.

Aveva volato sui Monti del Tibet, sfidando la pazienza dei monaci Buddhisti, ed era scesa in India, per capire come un bel fiore come il Loto possa nascere a vivere nella "merda", Ops… scusate nel fango, anche se spesso i due concetti si mischiavano tristemente laggiù nei sudici *Kolbe* di "Mille Splendidi Soli" (bel romanzo di Khaled Hosseini), dove aveva soggiornato.

Da lì poi si era imbarcata su una nave inglese e succhiellando cappelloni anglosassoni era giunta in Europa. Aveva conosciuto il sangue reale, che poi tanto blu come si dice non le era parso, più che altro marron *(o Marron5)*. Quindi aveva attraversato la Manica e girovagato per tutto il vecchio continente, Germania compresa. Si era fermata parecchio anche in Italia, perché si mangiava bene e suonavano una bella musica. Ma non solo, lì c'erano anche i più bei Carnevali, di Venezia e Napoli, con le maschere Arlecchino e Pulcinella, dei colori bianco e MULTICOLOR; nonché gli Uffizi a Firenze, la Cappella Sistina, le chiese classiche e quelle minori, con il loro inestimabile patrimonio artistico, spesso ignorate anche dai locali, tutti intenti ad adorare i loro Leader Maximi.

Da lì aveva seguito una famiglia di emigranti, cui si era affezionata, ed era giunta in America Latina.

In Brasile non aveva resistito al richiamo della Foresta Amazzonica e lì aveva fatto veramente "cacao".

Risalendo per i Caraibi aveva visitato in lungo e in Largo il Messico, apprendendo i rituali sciamanici di queste regioni, per poi trasferirsi nel Nord America, terra di canyon, laghi, pianure immense, fucili e pistole…Sì, pare sia stata proprio anche nel Far West a *combattere* accanto agli indiani indigeni.

Si, non mi sono sbagliato, ho detto proprio "combattere", anche se non con arco e frecce, ma con la sua proboscide appuntita e affilata. Zita Zen, un po' come i tre Moschettieri, Sandokan e Michele Strogoff, Amava schierarsi con i più deboli e cercava in cuor suo di difenderli contro i soprusi, anche se non sempre riusciva a vincere come nei film dei Supereroi.

Di certo anche Lei arrischiava la pelle di brutto! Per un essere così minuto non è mica facile schivare colpi e schiaffi e codate di cavallo o di vacca. E come se non bastasse, la Natura a volte non era tenera neanche un po'. Se per noi sono insidiosi trombe d'aria e terremoti, per le zanze basta uno scroscio di pioggia un po' più forte per rimanerci annegate. Ma Zita non aveva mai paura. Quatta quatta e zitta zitta sapeva sempre ripartire: dalla campagna di Russia al deserto del

Sahara, dai Poli all'Equatore, passando per la Nuova Guinea, Vietnam e Afghanistan, saltando nella borsa di un canguro, per arrivare fino all' Oceania, e su e giù per l'iperspazio temporale del mondo intero. Zita portava avanti indomita e senza tregua le sue battaglie contro i cattivi di turno.

A questo punto chi mi ha seguito dirà: "SEH! Ma se le zanzare non vivono che per giorni o al massimo mesi…che razza di storia fasulla è questa?!"

Beh…ora io non so spiegare sempre bene le cose, comunque che crediate o meno nella Rinascita, diciamo che la nostra Zita, era e non era sempre la stessa Zita. E se non era lei era lui, o erano le figlie delle figlie delle figlie di lui e lei.

Anche noi d'altronde ci passiamo i nomi dei nonni e dei Santi giusto? Bene. Chiarito il concetto, dopo tutto questo bel viaggiare e divagare, torniamo alla storia.

Ora avrete senz'altro capito che Zita era una zanzara esperta. Aveva conosciuto molti siti e molti generi, di piante, animali e persone. L'aria del mondo le piaceva e aveva deciso di fare di tutto per migliorare la vita su questo pianeta. Certo un esserino minuto come lei non poteva fare i miracoli, però applicando i suoi studi di agopuntura e la sua conoscenza dei corpi e delle menti, poteva sicuramente alleviare qualche pena. La sua *Mission* divenne questa: aiutare gli esseri viventi a stare bene, o perlomeno a sopportare meglio i dolori. Un obiettivo abbastanza banale a ben vedere, perché tutti desideriamo stare bene anche se molti sembrano fare di tutto per stare male e far star male.

Ma Zita era convinta che "il male non è insito nella natura umana (e terrestre in generale)". Come faceva a saperlo così chiaramente? Semplice: tutti odiano stare male e questo implica che siamo fatti per il bene.

Scusate, non voglio propinarvi teorie filosofiche e d'altra parte tutti sarete curiosi di sapere come diavolo può fare una zanzara a fare del bene.

Qualcuno avrà anche sicuramente pensato che ci sono zanzare che possono fare molto ma molto male, provocando febbri gialle, vomiti, diarree e fin anche la morte.

Questo è normale. Anche fra gli insetti, come fra gli uomini, ci sono quelli "CATTIVI" e quelli "BUONI". L'importante è capire che i cattivi non sono così per natura. TUTTI siamo buoni in fondo, ricordatevelo.

Ecco, Zita, oltre ad alleviare i dolori di vario tipo (cervicali, sinusiti, otiti, artriti, mal di schiena, cefalee, coliche renali, laringiti e faringiti, tendiniti, banali raffreddori e influenze stagionali, ansie e depressioni, dolori cronici, psicosomatici etc., etc.) pungendo in punti nevralgici che solo lei e pochi altri a volte sanno cogliere, cercava anche di iniettare al contempo un po' di *bontà* e *compassione*.

Quando parliamo di bontà, sappiamo tutti più o meno cosa intendiamo no? Fin da poppanti ci dicono di stare buoni, di fare i buoni e ci riempiono di esempi di cose buone, anche per televisione e su Internet è pieno zeppo di bontà, oppure del suo lato B, cosicché il concetto ci è chiaro credo.

Ma la compassione non è invece così scontata, per lo meno per gli Occidentali. Questi la associano spesso ad un sentimento di pseudo-comprensione verso chi si trova in sofferenza, assumendo connotati negativi.

Infatti, quando si dice "mi fa compassione" spesso lo si dice come "mi fa pena", e la frase può essere interpretata come disprezzo, più che in senso soccorrevole. E anche in questo secondo caso fa comunque pensare a patimenti e dolori, cose che tutti vorremmo evitare.

La compassione che voleva invece iniettare Zita negli esseri viventi, è priva di connotazioni negative. Se mi consentite un trucchetto da sgrammaticato, la parola "COMPASSIONE", facendo uno sgambetto alla "M" e piegandole una gambetta, diventa "CON_PASSIONE". Cioè voglio dire che la nostra Zanzara Zen, avvicinava le persone con spirito positivo e, <u>con passione,</u> cercava di comprenderle ed esaltare il loro lato migliore, senza per forza farne degli Dei da adorare o degli Animali Sacri da venerare.

La cara Zanza Zen, aspirava all'ARMONIA, senza prediligere razze, colori, ali e piume, squame e corazze, pelli e pellicce, gambe e zampette, unghie, zoccoli, labbra e becchi, occhi e corna, code e mammelle, braccia e piume, culi e deretani, piselli e patate e peli delle ascelle.

E Zik e Zak e Zik e Zak, Zita non guardava in faccia a nessuno, nel senso che aveva "paura zero".

Quando era sicura del bersaglio, partiva e infilava.

Ovvio, anche lei poteva commettere dei piccoli errori di sbaglio. E d'altronde mica è facile colpire con precisione corpi mobili ognuno diverso dagli altri per conformazione venosa e arteriosa.

Anche i migliori chirurghi laureati ad Harvard a volte sbagliano qualche coordinata, anche se loro almeno sono assicurati.

La nostra Zita invece, se sbagliava di un niente, giusto quel tantino di millimetro che basta per far lievitare un tonfo sulla pelle, non aveva perdono né clemenza: veniva cacciata e assalita con tutti i mezzi. E passino i classici sculaccioni, anche se per lei potevano significare "fine vita" (*game over*), e le altre armi fisiche convenzionali tipo cuscini, strofinacci e palette (anche elettriche), però ad un certo punto l'uomo inventò anche le armi chimiche, che usano sostanze tossiche per mettere KO l'avversario.

Una delle prime fra queste fu il DDT che, inventato durante la seconda guerra mondiale con la scusa di debellare la malaria, fece una carneficina di zanze. Sembrava che potesse sterminarle tutte, belle e brutte, e non solo loro ma anche altri insetti più pidocchiosi, senza ledere il genere umano eletto.

Tuttavia, come spesso accade, solo anni dopo si scoprì che il veleno chimico era nocivo anche per altri animali e lungo tutta la catena alimentare arrivava a provocare all'*Uomo Sapiens* altre nuove infernali malattie, anche più subdole e mortali della malaria.

E così il DDT fu abolito. Ma altre pozioni fameliche furono elaborate, senza apparenti evidenze di potenziali danni ai primati umani.

Molte zanze sopperirono e tante continuano a finire stecchite a gambe all'aria tutti i giorni. Eppure, ciononostante, pare che si ripopolino di anno in anno, avanzando verso nord, insieme all'innalzamento climatico.

Il guaio è che, purtroppo, aumentando nel pianeta le acque impure, pure le zanze si sono impaurite e incattivite e spesso attaccano per vendetta e "mordono male" per non morir di fame.

La buona notizia è che Zita c'è ancora.

Non è facile riconoscerla fra le sue simili inferocite, ma quando ti prende Lei, non ti so spiegare come, ma lo senti nel sangue e finisce dentro al cuore. E forse per qualche attimo eterno, ritrovi te stesso un po' + ZEN, come se fossi atterrato sul Paradiso Terrestre.

LA SQUADRA DEGLI SCARFAROBOT

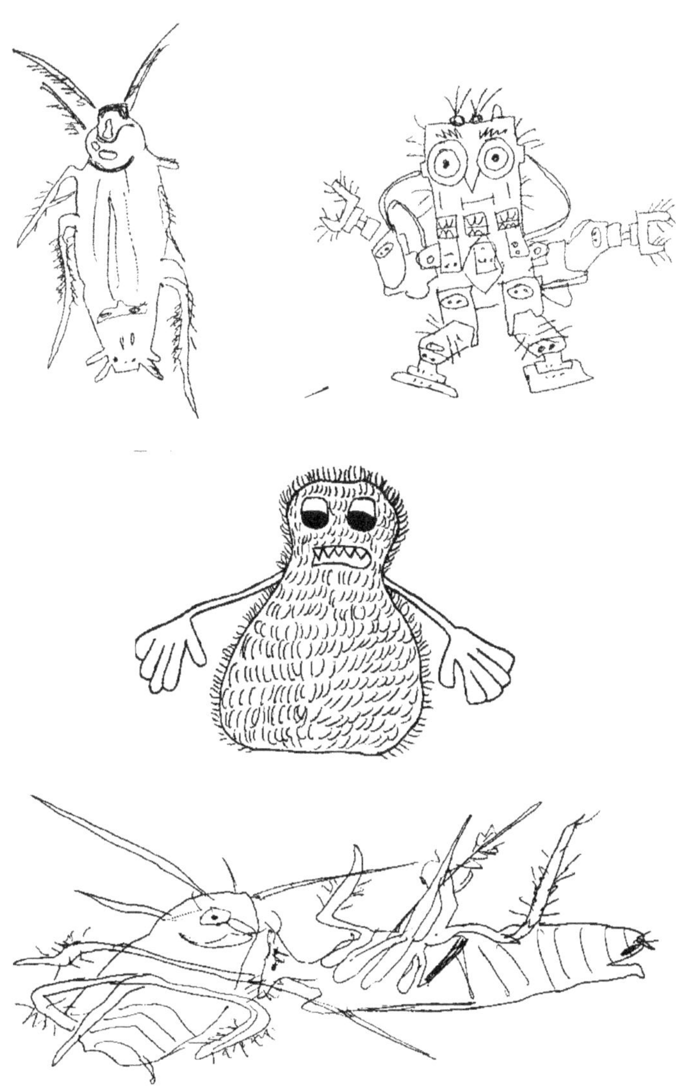

Vi ha incuriosito il titolo vero?

Ma secondo voi che sport giocano questi *Scarfarobot*? Calcio, tennis, volley, pugilato, karate, Ju Jitsu? Oppure sono <u>acquatici</u>: nuoto, canoa, pesca subacquea, tuffi, acquagym? Oppure <u>aerei</u>: salto in alto, salto con l'asta, lancio del giavellotto, lancio del peso o del disco? Oppure <u>terrestri</u>: pattinaggio, polo, tiro alla fune, baseball o curling?

I più pignoli fra voi potrebbero notare che ho incluso sport non prettamente di squadra. Ma per fugare anche questo dubbio dirò che anche questi si praticano a squadre durante le Olimpiadi (invernali o estive che siano). Sì vabbè ho fatto un altro errore… Neanche l'acquagym risulta ancora fra le discipline Olimpiche. Però in futuro potrebbe diventarlo, non si sa mai. Basta volerlo, o meglio che lo vogliano gli sponsor. In fin dei conti non siamo lontani dal nuoto sincronizzato per ragazze "sopra gli anta".

Bene, ed ora che ognuno di voi avrà pensato al particolare sport di questa squadra, vi dirò invece che non di squadra prettamente sportiva si tratta, anche se in effetti il movimento è essenziale anche per loro.

Trattasi invece di una Squadra chiamiamola "SPECIALE", che ha lo scopo di introdursi nelle cose e a volte nei corpi di persone, bestie e vegetali, giusto per spiare la loro Privacy.

Ora i più informati di voi diranno: "Ma che storia è!? Proprio adesso che L'Europa ha blindato la *Privacy* di tutti con decreti e leggi supermegaprotettive, ci vieni a dire che ci sono strane squadre speciali che invece ci spiano?"

Ebbene sì ragazzi. Mi spiace deludere qualcuno di voi, ma forse qualcun altro ci era già arrivato, vero?

Ci sono squadre di *scarafaggi robot* o robot truccati da scarafaggi che girano qua e là, insediandosi ovunque per captare informazioni, registrare come ci comportiamo, studiare le nostre reazioni, cercare di carpire i nostri pensieri.

E questo perché?

Beh…per copiarci, per farci del male, o forse anche del bene.

Come in ogni squadra, anche fra gli Scarfarobot giocano sia buoni che cattivi. Che poi non sempre i cattivi agiscono per il male ed i buoni per il bene, ma tutto a volte si intreccia per sorti e destini scritti chissà dove e da chi.

Già…vi sarete chiesti: ma chi è che ha creato questi nuovi "mostri"?

Qualche industriale multimiliardario che vuole fare ancora più soldi; oppure un politico pazzo scatenato che vuole avere il controllo del pianeta; o forse un ExtraTerreste che vuole annientare tutti o portarsi nel suo regno le nostre cose e anime migliori?

E se fossero i vecchi Dei, sempre in antagonismo fra di loro?

Magari queste squadre di Scarfarobot partono proprio dalle religioni più diffuse: Ebraica, Spiritista, Sikh, delle tribù Africane, Islamica, Buddhista, Cristiana, Cinese, Induista, Confucianesimo, Taoista o Testimoni di Geova.

O magari sono stati generati da scienziati Atei che puntano al ricongiungimento quantico dell'Universo.

Boh…non si sa. Il fatto è che ormai queste squadre di Scarfarobot ormai ci hanno invaso. Chi proprio non li ha ancora visti dal vivo, gli scarfarobot può immaginarli guardando qualche film di fantascienza.

Che poi sappiamo che la fantascienza non è altro che il futuro che arriverà prima o poi, magari un po' diverso, modificato nelle forme e nei modi, ma non nella sostanza. Sì, voglio dire, i più anziani fra voi ricorderanno sicuramente i vecchi film di "*James Bond*" oppure qualche cartone animato anni '70-'80 tipo "*I Pronipoti*". Provate a pensare a quanti oggetti, fantastici per l'epoca, oggi esistono realmente e anzi hanno superato le fantasie.

Un esempio banale? Il cellulare. Fino agli anni '90 sicuramente pochi avrebbero scommesso che col telefonino avremmo potuto localizzare la posizione dei nostri amici in tempo reale. Eppure anche i modelli più economici di adesso lo sanno fare con approssimazioni del raggio di qualche metro (sempre che ci sia campo).

Quindi, sdoganate tutte queste nozioni e pseudo rivelazioni, cosa dovremmo fare quando dovessimo sospettare, o avere evidenza, di trovarci spiati e/o controllati da una di queste squadre di Scarfarobot?

Chi dovremmo chiamare? La Polizia, i Carabinieri, il 118, La Guardia Medica, GhostBusters, i Pompieri o l'Avvocato di fiducia?

La risposta è: NESSUNO.

Io consiglio di comportarsi sempre come ci comporteremmo se non avvertissimo la loro presenza: continuare cioè a vivere spontaneamente.

O se proprio non potete farne a meno, prendeteli un po' per il culo. Sparate pure qualche cazzata di proposito, corretta poi da una frase di buonsenso. Vedete Voi, siete grandi. L'importante è che rimaniate spontanei e soprattutto non cercate per forza di fargli del male a questi poveri scarfarobot, al limite spegneteli e riprogrammateli per Bene. E neanche augurate il male ai loro mandanti, anche perché potrebbe essere il vostro cervello che li crea. In questi casi meglio sempre mettere in campo il Cuore, lui arriva sempre dove la nostra mente a volte può ingannarsi.

Buona fortuna e mai paura, tanto gli scarfarobot il cuore , quello vero, l'anima che sta dentro al muscolo pulsante che ci tiene in vita, non lo potranno mai ricreare. Perché quello è un segreto che va oltre e non si può certo raccontarlo in una favola.

LA STORIA DI UN MARTIRIO

Quando mi è stato chiesto di scrivere la Storia di un Martirio, devo dire che sono rimasto bloccato per un certo tempo. Essendo Cristiano battezzato, so benissimo chi sono i Martiri: persone che in nome della fede accettano di sacrificarsi, lasciandosi torturare fino alla morte.

Però, a dire il vero, di tutti i martiri che mi venivano in mente, non ce n'era uno di cui mi ricordassi bene perché e come era stato ucciso.

Che ignorante e smemorato che sono! Eppure ho visitato diverse Chiese e Cattedrali…possibile che non mi venisse in mente qualche pala o scultura che mi facesse tornare alla memoria un sacrificio umano encomiabile da cui prendere modello e poter scriverci una storia.

E invece, niente, di colpo mi balena in mente la storia di un bambino di nome Martirio, e la scrivo di getto.

Non è però, come vi potreste aspettare, la storia del giovane che venne dalla Cappadocia fino alla Val di Non con gli amici Sisinio e Alessandro, bensì quella di un altro MARTIRIO, figlio di contadini originari dell'Umbria.

I genitori l'avevano chiamato così, non tanto perché aspiravano che diventasse un martire. D'altronde quale genitore si augurerebbe mai per un figlio un simile destino!?

No, semplicemente l'avevano chiamato così perché era stato concepito in una di quelle rare sere in cui la terra si trova vicina vicina a Marte, e la Luna va in eclissi per qualche ora e diventa rossa per la rifrazione del Sole attraverso l'atmosfera Terrestre, mentre Marte si ingrandisce come non mai e si aggancia alla traiettoria della Luna, come quei pesciolini che viaggiano sopra la testa degli squali, che quasi sembrano essere i loro piloti.

Beh, Martirio era stato concepito in quei momenti rari e magici. Non ci stupisce quindi che sia uscito rosso di capelli, con qualche lentiggine sul viso che ricorda Venere, Giove, Saturno e Plutone, e le orecchie grandi e a sventola, quasi fossero satelliti della NASA intenti a riprendere la scena del secolo.

In effetti Martirio era un bambino "strano", ma non tanto per l'aspetto fisico, che come potete immaginare non incarnava certo lo stereotipo del bambino "normale".

(A proposito, come ve lo immaginate voi lo stereotipo del bambino normale? Boh… se vi viene in mente provate a disegnarlo e mandatemi il risultato, così mi faccio anch'io un'idea più chiara).

No, Martirio era "+ strano" per i suoi comportamenti, i gesti che a volte compiva, le frasi con cui se ne usciva, oppure i silenzi improvvisi in cui si trincerava.

Cercherò di portare qualche esempio per farvi capire meglio.

Fin da piccolo, di tanto in tanto, si buttava a terra improvvisamente e si dimenava come fosse stato punto da una tarantola. E così andava avanti finché la mamma, che era sempre paziente e buona, non gli chiedeva di alzarsi e ricomporsi, magari perché era ora di mettersi a tavola.

Però quelle scene strane non le erano passate inosservate: si era un po' preoccupata, da buona mamma, e ne aveva parlato con il medico di base, che visitato Martirio, non aveva visto tuttavia nulla di strano. Disse che probabilmente quelle esternazioni del bimbo per terra potevano essere interpretate come un capriccio, magari un desiderio di farsi notare e avere maggiori attenzioni, come spesso i bimbi e le bimbe fanno.

Non c'era nulla quindi da preoccuparsi e la madre si rasserenò, anche se non riusciva a capire che attenzioni potessero mancare a suo figlio: a lei sembrava di dare le giuste attenzioni che aveva rivolto ai suoi altri due fratelli maggiori, Erminio e Luigi.

Un'altra stranezza di Martirio era che a volte, quando si trovava in compagnia, tipo cena con parenti o anche festine con amichetti, oppure a scuola, di punto in bianco si isolava completamente e ammutoliva, non interagiva più con nessuno. E se qualcuno lo guardava girava gli occhi di sbieco, verso un'altra parte fintantoché si sentiva osservato.

Anche questo non-atteggiamento, non era passato inosservato, soprattutto a qualche maestra che aveva studiato psicologia. Ma, parlatone con la mamma, anche la maestra si era tranquillizzata perché, dato che era evidente che non c'erano problemi famigliari, probabilmente si trattava di timidezza infantile.

Un'altra cosa strana erano le domande che il bambino

Martirio rivolgeva talvolta alle persone più disparate. Erano domande piuttosto insolite per un bambino della sua età. Quasi potevano sembrare più tipiche di un laureando in filosofia. Come quella volta che chiese al prete del villaggio perché, se era vero che Dio è buono e tutto vede e tutto sa, occorreva andare a confessarsi da un prete per avere l'assoluzione dei propri peccati. Il prete non fece molto caso alla profondità della domanda, ma si limitò a rispondere che la confessione era un Sacramento che Gesù Cristo aveva donato all'uomo per potersi riconciliare con Dio Padre, attraverso la "giusta" penitenza data dagli uomini-sacerdoti, suoi simili.

La risposta non era stata chiara per Martirio, in quanto aveva pensato subito: perché allora quando confesso lo stesso peccatuccio "faccio i capricci a casa" Don Giulio mi dà come penitenza 3 Ave Maria, mentre Don Antonio, a parità di peccato, mi dà 2 Pater Nostro e 1 Gloria al Padre? A parità di peccato dovrebbe essere la stessa pena se Dio è Giusto…o no?

Ma essendo di carattere rispettoso delle figure istituzionali, non aveva indagato oltre con il prete e si era tenuto questo dubbio sulla GIUSTIZIA, che sarebbe però riemerso da grande nei confronti di altri verdetti dati dagli uomini – giudici nei tribunali.

Comunque, a parte queste stranezze, che poi tanto scalpore non facevano, Martirio era un bambino "nella norma". Anzi a scuola andava bene, era tra i più bravi della classe e negli sport pure, anche se non era continuo nel praticarli.

Certo il suo aspetto fisico, soprattutto il colore dei capelli, rosso carota o rosso fiamma, rosso rame o rosso pomodoro (non ricordo...) e le grandi orecchie a sventola, con quelle 3/4 lenticchie in faccia, non lo facevano passare inosservato. Qualche suo compagno "bulletto", come ce ne sono sempre a scuola, aveva iniziato a canzonarlo e prenderlo in giro chiamandolo "Pianeta Rosso", con chiaro riferimento al suo nome e alle sue caratteristiche somatiche.

Ma la cosa si era smorzata quasi da sola, perché Martirio non dava retta. Sembrava che le parole di presa in giro non le sentisse, o gli scivolassero giù lungo le spalle, che già da piccolo si vedeva aveva belle larghe.

In realtà dentro di sé ne soffriva, però preferiva tenersi tutto dentro che difendersi con qualche cazzotto o parolaccia di ritorno (come sarebbe stato lecito), per evitare di generare ulteriori conflitti.

A Martirio infatti piaceva che tutto filasse in armonia. Non gli piaceva litigare o vedere gli altri litigare, e chi alzava la voce per insultare, o imprecare, o trattare male le persone, gli dava un certo fastidio e sperava in cuor suo che cessasse presto e si mettesse in pace col mondo.

Si, in fondo, nel suo cuore sensibile di bambino il suo desiderio più grande era "LA PACE NEL MONDO" e aveva pensato che da grande si sarebbe impegnato per questo fine.

Ora, i desideri che abbiamo da bambini su quello che faremo da grandi, non sempre si avverano, ma qualche volta anche sì. Magari non proprio nel modo esatto in cui ce lo saremmo immaginato, ma a volte si avverano.

Chi mi ha seguito fino a qui sarà probabilmente curioso di sapere che cosa è diventato Martirio da grande.

Ebbene, cosa si può fare da grandi secondo voi per "impegnarsi per la pace nel mondo"?

Non vi dirò quale professione Martino abbia scelto o in che modo sia riuscito nel suo scopo. Vi darò solo qualche ipotesi di finale. A voi la scelta.

VOLTA PAGINA E VAI AI FINALI 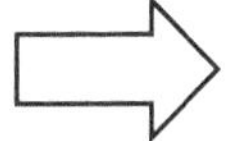

FINALE Nr.1

Martirio dopo le medie sentì la chiamata dall'Alto e si iscrisse al seminario. Diventò un bravo prete che la Chiesa mandava in missione in varie parti del mondo, specie nei territori di guerra, per predicare la pace e intanto aiutare le persone in difficoltà e soprattutto insegnare ai bambini di volersi bene gli uni agli altri.

PROSEGUI ⟹

FINALE Nr.2

Martirio dopo essersi diplomato, ora non ricordo in cosa, ma era qualcosa di tecnico, partì per il Servizio Militare (alla sua epoca era obbligatorio).

Lì fu notato per le sue capacità fisiche e intellettuali, per il temperamento coraggioso e l'autodisciplina, tanto che gli fu proposto di fare carriera nell'Esercito.

Non so dirvi se divenne un Capitano o qualche grado in più (Maggiore, Colonnello, Generale? Boh..) e se partecipò a qualche missione di Guerra per difendere la Pace. Oppure fu arruolato come agente segreto, un po' come James Bond all'Italiana, ammesso che ce ne siano… Ma certo che ce ne sono!

Ogni Stato ha le sue "Spie", solo che si comportano e imboscano secondo gli usi e costumi del paese d'origine. Tipo per noi Italiani, spaghetti e mandolino, il nostro agente segreto 007 potrebbe avere la copertura di un cantante o di uno chef stellato.

Comunque sia il Milite Ignoto Martirio diede il suo contributo per la Pace nel mondo.

FINALE Nr.3

Dopo la laurea in giurisprudenza con lode, Martirio grazie alle raccomandazioni di un suo vecchio professore importante, fu assunto come impiegato all'ONU, forse la più grande organizzazione intergovernativa a carattere internazionale che si impegna "quotidianamente" per mantenere la pace e la sicurezza internazionale e promuovere un sacco di cose belle: l'amicizia fra i popoli, la cooperazione economica e sociale, il rispetto dei diritti umani, il disarmo e lo sviluppo del Diritto Internazionale.

Oggi fanno parte dell'ONU ben 193 paesi, più la Santa Sede e la Palestina, rappresentata dall'ANP, e anche la Repubblica Popolare Cinese (dopo che Taiwan è stato estromesso).

Martirio all'ONU diede il suo bel contributo e fu un impiegato sempre puntuale e impegnato, realizzando così il suo sogno di bambino.

PROSEGUI

FINALE Nr. 4

Essendo un grande amante della natura, Martirio appena maggiorenne si è iscritto a GREENPEACE, e ogni tanto partecipa a diverse campagne per "cambiare comportamenti, proteggere l'ambiente e promuovere la pace", [dalla *Mission* dell'Organizzazione].
E' contento di dare il suo contributo, perché l'Unione fa la Forza.

PROSEGUI 

FINALE Nr.5

Martirio durante l'adolescenza ha sviluppato una grande passione per la musica e gli riusciva benissimo suonare la chitarra, così ad orecchio, anche senza studiare. Così ha fondato un Gruppo Rock con altri amici che hanno lo stesso ideale "di collaborare per la pace nel mondo".

I "Nuovi Camaleonti ", così si chiama il gruppo, hanno iniziato a cantare e suonare canzoni con contenuti "Peace&Love", dapprima alle sagre paesane e poi sempre più avanti, fino a diventare un gruppo di fama internazionale (quasi come gli U2 di Bono Vox) e ora possono donare parte degli incassi ai paesi più poveri, presi con le bombe.

PROSEGUI

FINALE Nr. 6

Martirio, studiando ed applicandosi, è diventato un bravo e stimato commercialista, che fedele al suo sogno di bambino, dona ogni anno il 5x1000 della sua denuncia dei redditi ad organizzazioni impegnate per la pace nel mondo e la difesa dei bambini, tipo Unicef, Save the Children o Emergency.

Inoltre cerca anche di convincere i suoi clienti a fare altrettanto, anzi a fare anche donazioni, che poi sono anche detraibili fiscalmente.

PROSEGUI ⟹

FINALE Nr. 7

Martirio il "Pianeta Rosso" ha incontrato una ragazza di nome Luna, se n'è perdutamente innamorato e si sono sposati.

Non so se la moglie sia rossa, gialla, marrone, bianca o nera. Pare che abbia dato alla luce cinque figli, (che potrebbero benissimo a questo punto essere anche in parte meticci), e i due sposi cercano di educarli quotidianamente con principi e valori pacifici e a vivere in Armonia fra di loro, con parenti, amici e conoscenti. In fin dei conti il primo passo verso la pace nel mondo è che ogni famiglia sia in pace con se stessa e con i vicini, no?

PROSEGUI $\Longrightarrow$

FINALE Nr. 8

Dopo le scuole dell'obbligo, a Martirio non piaceva tanto studiare e così provò ad imparare un lavoro. Diventò un artigiano. Ora non ricordo se fece l'idraulico, il meccanico, l'elettricista o il carrozziere, ma poco importa.

Importa che riuscì bene nel lavoro, perché gli piaceva, e la sua aziendina crebbe, tanto che ha assunto di recente diverse persone, anche extracomunitari.

Egli tratta sempre bene e con rispetto i suoi dipendenti, (oltre che i clienti), ed è per questo che è benvoluto da tutti. Anche se qualche volta lo stress quotidiano *e il logorio della vita moderna* lo porta a tirare qualche smoccolo, poi si pente e fa la pace con tutti. C'è un bel clima nella sua impresa e tutti collaborano, si aiutano e anche si divertono insieme. E ditemi se questo non è stato un po' realizzare il suo sogno di pace?!

PROSEGUI ⇒

FINALE Nr.9

Divenuto grande, una sera d'estate, Martirio assiste ad uno spettacolo di strada da parte di un bambino di nome Piombino[1] e un Equilibrista coi baffi stravaganti.

In realtà, oltre ai due personaggi, c'erano anche un uccellino, un pesce rosso e un gatto, che volteggiavano nell'aria su una strana bicicletta, con collegati un acquario e un ombrello.

Lo Show sconvolge completamente Martirio, che assiste allo sprigionarsi di una gioia incontenibile da parte della gente presente.

Una gioia che per un attimo gli fa girare la testa e gli fa scorgere 3 nuove stelle rosse in cielo.

Rapito da questo che interpreta come un segnale dall'Alto, Martirio si unisce al quintetto e li convince a girare insieme il mondo, per portare questo spettacolo (ed altri di nuovi) di "Teatro Magico di Strada" e la gioia che sprigiona, a quanta più gente possibile.

Chi porta gioia, porta pace.

E così Martirio finisce per coronare il suo sogno in Compagnia.

(1) "Piombino e l'Equilibrista" è una storia contenuta nel primo libro dell'autore "13 Storie per Volare"

FINALE Nr. 10

....

....

....

Ho lasciato un altro possibile finale libero alla vostra immaginazione, o a quello che vorreste fare Voi (o avete già fatto) per contribuire alla Pace nel Mondo.

Potete immaginarne anche più di uno. Se me li fate avere via email (o anche telepaticamente), li potrò inserire e allungare questa storia. E speriamo che, anche se non diventerà una NEVER ENDING STORY, si allunghi almeno di qualche pagina.

PS: Un bel finale sotto forma di immagine mi è già pervenuto da AleCrì, e mi è piaciuto così tanto che l'ho messo in copertina, aggiungendovi un po' di palle e ammennicoli vari. Troverete comunque l'originale in barattostories.it.

IL POLPETTO KIRUMA

Questa è la storia di un piccolo polpo di nome KIRUMA.

Chiariamo subito per i meno esperti che abbiamo detto "polpo" non "polipo".

Lo dico perché spesso confondiamo le due parole e le usiamo come sinonimi, mentre in realtà POLPO e POLIPO sono completamente diversi.

Il polpo è un animale complesso appartenente ai Cefaloidi del Phylum Mollusca, detto anche Piovra.

E' un animale di acqua marina, abbastanza timido, solitario e notturno. Dispone di una specie di conchiglia interna (ridotta o assente).

Ha una testa con due occhi grandi e un corpo fuso con il capo, come il mantello di un Super-Eroe.

Ha 8 paia di braccia, o tentacoli, tutti provvisti di ventose. Pare che uno di questi bracci sia trasformato al bisogno in organo copulatore chiamato "ectocoticlo", che se non l'avete ancora capito, è un po' "il pisello" del polpo.

La bocca si trova sotto il capo ed ha la forma di becco (come gli uccelli) nella parte terminale, col quale può rompere e mangiare gusci di conchiglie e crostacei (però che buongustaio!).

La pelle del polpo è molto particolare, liscia e curiosa perché può cambiare colore per mimetizzarsi in caso di bisogno.

Pare che il polpo disponga di ben 3 cuori ed è ritenuto di gran lunga uno degli animali più intelligenti tra gli invertebrati. Pertanto se a volte vi danno del "polpo" non vi offendete, anzi prendetelo come un complimento.

Ora che abbiamo capito meglio cos'è un polpo, dirò invece brevemente, per completezza, che il "polipo" non è un animale, ma più un "fiore di mare", un'unità strutturale da cui si formano le colonie dei Coralli.

Tanto di cappello quindi anche ai Polipi, ma in questa storia dobbiamo lasciare spazio al "polpetto" Kiruma.

Con un nome così, avrete già pensato che le origini del nostro protagonista siano certamente Giapponesi.

In realtà, se digitiamo su Google "KIRUMA", troviamo che è un villaggio antico in Estonia, lasciato quasi da tutta la gente, eccetto due famiglie.

Non mi pare però che il villaggio sia lambito da

mari…Può essere tuttavia che qualche emigrato, che per primo avesse notato il polpetto, gli abbia dato, per qualche forma nostalgica, il nome del paese lasciato.

Tuttavia Kiruma, se tralasciamo la scrittura e ci concentriamo sulla possibile pronuncia, in un certo dialetto Veneto (ma anche Emiliano), significa letteralmente "Colui che *ruma*" (dal verbo *rumare*), ossia colui che rovista, ispeziona minuziosamente un luogo, frugando, rimescolando e mettendo sottosopra oggetti, per cercare qualcosa.

Un proverbio tipico veneto dice *"Chi ruma cata osi"*, cioè "Chi scava trova gli ossi", che tradotto meglio in Italiano diventa "Chi cerca trova".

In effetti il nostro Kiruma, con i suoi tentacoli era sempre a rovistare e a cercare.

Cosa cercasse non ci è dato sapere e forse neanche lui lo sapeva, ma agiva semplicemente come la sua natura gli diceva di fare.

Fatto sta che il polpetto era parecchio fortunato, (o forse era solo una questione statistica, dato che lui "rumava" sempre tanto e dappertutto) e trovava spesso oggetti belli e interessanti: reperti archeologici del

Paleolitico, vasi in terracotta e anfore antiche, cadute da chissà quale vascello, statuine in bronzo anche in grande scala, tipo i nostri "Bronzi di Riace", nonché forzieri, monete, gioielli, etc. Ma anche cose più moderne, tipo cellulari dell'ultimo modello (perfettamente funzionanti), accendini dorati, orologi al quarzo, collane e orecchini (questi sia antichi che moderni) e un'infinità di altri oggetti.

La cosa non passò inosservata a qualche pescatore con l'occhio allenato che, vuoi per casualità o perché anche lui in fondo era uno a cui piaceva "rumare" per i mari, visti i reperti scovati da Kiruma, iniziò a stargli addosso con lo scopo di recuperare lui la merce, che certo Kiruma non avrebbe utilizzato e valorizzato.

Kiruma all'inizio era diffidente nei confronti di questa persona, perché pensava che, come tutti i pescatori, volesse la sua pellaccia viva.

Ma con l'andare del tempo, visto che all'uomo pareva interessare solo quello che lui trovava, non ci fece più tanto caso. Anzi era quasi fiero quando trovata qualcosa di veramente bello, perché così vedeva l'uomo felice e sorridente.

Il sodalizio andò avanti così per qualche anno, mentre l'uomo si arricchiva e Kiruma continuava la sua opera instancabile.

Ma il fatto che quell'umile pescatore si fosse arricchito in poco tempo, con la sola attività della pesca, non passò inosservato alla gente del paese.

Alcune malelingue dicevano che Marietto (così si chiamava il pescatore), si era messo in cattivi affari con gente losca…

E questo arrivò all'orecchio anche delle Forze dell'ordine e della Finanza.

A dire il vero, nel piccolo paese di mare dove viveva, sia i Carabinieri di stallo che qualche Finanziere, conoscevano bene Marietto, dato che aveva sempre anche del buon pesce fresco da vendere, e lo ritenevano una brava persona, onesta e laboriosa .

Tuttavia in effetti il tenore di vita della famiglia del Marietto cominciò a farsi notare troppo. E lì scattarono le indagini.

Come abbiamo detto, però Marietto aveva l'occhio sveglio, abituato alle levatacce notturne per andare *'a mare*. E non ci mise molto ad accorgersi che qualcuno lo seguiva da lontano. Pertanto, non volendo fosse scoperto il segreto del suo amichetto Kiruma, che pescava i tesori per lui, si fece accorto e diradò gli incontri col polpetto solo a quando era sicuro di non essere visto.

Kiruma soffrì un poco di questo allontanamento, perché ormai si era affezionato all'uomo.

Però poi si rasserenò, pensando che anche Marietto teneva famiglia e forse aveva dei problemi che lo costringevano a stare più lontano.

Un bel giorno però, anzi una mattina prima dell'alba, Qualcuno riuscì a beccare il segreto di Marietto e Kiruma, grazie a sofisticate telecamere nascoste, ad alta definizione, piazzate all'insaputa di tutti sui fondali marini e sulle boe di emergenza.

Purtroppo questo sig. Qualcuno, non era proprio uno stinco di Santo, o forse semplicemente i casi della vita lo avevano portato ad essere abbastanza avido e geloso.

E così si fece subito avanti con Marietto e gli intimò di consegnare a lui, non tanto la "refurtiva" del giorno, quanto il polpetto Kiruma, che aveva capito essere il vero artefice della fortuna del pescatore.

Marietto, di natura umile, cercava sempre di evitare gli scontri e disse al sig. Qualcuno che per lui non c'era nessun problema, (anche perché ormai lui stava bene economicamente) e che facesse quel che voleva con Kiruma.

Subito Qualcuno cercò di catturare Kiruma.

Aveva già elaborato un piano su come analizzargli il Cervello (cioè l'Encefalo), e anche l'Ectocotilo (cioè il Pisello), perché voleva replicare il polpetto, in modo da avere più Kirumas che "rumassero" per lui.

Però non aveva fatto bene i conti con il polpetto, che da essere molto intelligente e dotato qual era, capì subito che quest'altro uomo aveva brutte intenzioni nei suoi confronti. E in men che non si dica, si diede a gambe, anzi a tentacoli, levati e fece sparire le sue tracce sui fondali del mare.

Qualcuno continuò per giorni e giorni a ricercarlo. Riseguì Marietto, per vedere se si facesse vivo con lui. Ma niente…Kiruma era sparito e non si sono più avute notizie di lui.

I figli dei figli di Qualcuno però, si tramandarono la storia di Kiruma, ed ora c'è qualcuno (discendente di

Qualcuno) che sta creando una specie di robottino a forma di polpo, che scovi tesori a manetta.

Ce la faranno? Non lo so.

Se poi scovano i tesori per condividerli e fanno un buon uso dei proventi, a beneficio di quante più genti possibile, io spero proprio di sì.

Altrimenti so già il finale: arriverà Qualcun Altro che vorrà comprare i "robottini polpo" e sarà il solito FLOP.

Parola di Kiruma.

LA TEORIA DEI SEGNALI

(*Sottotitolo: TO CHCE KILD!*)

9. **Convoluzione.** Dati due segnali x e y definiti nel medesimo spazio temporale I e posta
$s(t) = x*y(t)$, $t \in I$, la loro convoluzione, la tr.di F. di quest'ultima risulta:

$$(8.48) \qquad S(f) = \int_I dt\, e^{-j2\pi ft} \int_I d\tau\, x(t-\tau)y(\tau) = \int_I d\tau\, y(\tau) \int_I du\, e^{-j2\pi f(\tau+u)} x(u) = X(f)Y(f) \qquad f \in \hat{I},$$

dove si è usato il cambiamento di variabile $t-\tau = u$. In modo analogo si prova la regola di
convoluzione in frequenza:

$$x(t) = x_A(t) + j x_I(t) = A(t)\, e^{j\varphi(t)}$$

SIMMETRIA HERMITIANA : $\quad x(t) = x^*(-t)$

$$x_R(t) + j x_I(t) = x_R(-t) - j x_I(-t) \quad \Longrightarrow \quad \begin{cases} x_R(t) = x_R(-t) \\ x_I(t) = -x_I(-t) \end{cases}$$

$$A(t)\, e^{j\varphi(t)} = A(t)\, e^{-j\varphi(t)} \quad \Longrightarrow \quad \{ A = A.$$

A. ENERGIA

Dato un segnale x definito su uno spazio ordinario o quoziente I si definisce la sua
energia E_x come:

$$(8.165) \qquad \boxed{\ E_x \triangleq \int_I dt\, |x(t)|^2 .\ } \qquad (\text{è reale e non negativa})$$

Si noti che se I è uno spazio quoziente proprio ($I = I_0/Z(T_p)$), E_x dà l'energia del segnale su un periodo; ad esempio, se $I = R/Z(T_p)$:

$$(8.166) \qquad E_x = \int_{t_0}^{t_0+T_p} |x(t)|^2 dt$$

$$\boxed{P_x \triangleq E_x/T_p}\ \text{dà la potenza del segnale periodico x.}$$

Prova. Per la necessità si rinvia a [3]. Per la sufficienza in virtù del
criterio di Cauchy basta provare l'esistenza del limite

$$\lim_{h_1,h_2 \to 0} E\left[\frac{x^*(t+h_1) - x^*(t)}{h_1} \; \frac{x(t+h_2) - x(t)}{h_2} \right] =$$

$$= \lim_{h_1,h_2 \to 0} \frac{r_x(t+h_1,\, t+h_2) - r_x(t+h_1,\, t) - r_x(t,\, t+h_2) - r_x(t,\, t)}{h_1\, h_2},$$

esistenza che è garantita non appena esista e sia continua la deriva-
ta seconda mista di $r_x(t, s)$ in un intorno del punto (t, t) [6].

Di cosa parliamo in questa storia?

Se fra di voi che leggete c'è qualche ingegnere elettronico (o delle informazioni e comunicazione) come me, potrebbe aver pensato sicuramente ad un esame che si fa (e per qualcuno si rifà…io lo feci 5 volte… *Ahi de mì*!) all'Università, come propedeutico a Comunicazioni Elettriche.

Ebbene dirò subito che non parleremo qui di questa "Teoria dei Segnali" (anche se per i nostalgici ho messo qualche formula del mio vecchio testo universitario sotto al titolo a pag. prec.).

Tuttavia, che i segnali abbiano a che fare con la COMUNICAZIONE è un dato di fatto.

In tutti i nostri ambiti usiamo dei segnali per comunicare, ossia per rapportarci col mondo.

Spesso i segnali sostituiscono e sono addirittura più forti del parlato. Provate a puntare l'indice verso il cielo in mezzo ad una piazza (o dove c'è gente) senza dire nulla e sicuramente qualcuno si volterà a guardare in alto. Qualcun altro vi guarderà strano. Qualcuno potrebbe anche avvicinarsi e chiedervi cosa c'è, o se state bene, (anche se queste persone curiose e coraggiose sono sempre più rare oggigiorno…).

Ma facciamo un passo indietro e andiamo prima di tutto a scoprire qual è la definizione di SEGNALE.

Il mio vecchio vocabolario Garzanti del 1970, alla voce Segnale, dà due possibili significati:

- "Segno convenzionale per indicare o far conoscere qlco".
- "Congegno ottico o acustico che serve per dare segnali".

Bene, direi che partendo da queste due definizioni, possiamo iniziare con la nostra vera storia.

I primi segnali dell'Uomo sul Pianeta Terra, o meglio dei suoi antenati Ominidi e Scimpanzè, risalgono alla Preistoria, cioè quel periodo che precede la scrittura e va da 2,5 a 2,6 Milioni di anni fa, fino al IV Millennio a.C. L'inizio della preistoria è studiato dai Palleoantropologi, che recuperano e analizzano resti fossili dei tipi umani e animali ormai estinti.

Anche questi possiamo considerarli segnali. Ma forse risultano a noi "+ comprensibili" quelli disegnati sulle Tavole ed i manufatti artistici Magdaleniani del

Paleolitico superiore (fine XIX sec.) o sulle tavolette calcaree provenienti dalla città mesopotamica di Kish (Iraq – 3500 a.C.).

Guardando questi reperti, possiamo ben capire come "ai Vecchi Tempi" gli uomini comunicassero con disegni, oltre magari che con i suoni (EHMM, MMHH, UH UUH UUHHH, AH, AAAHHHH…), le gesta e magari il contatto fisico, come del resto anche adesso fanno tutti gli altri animali.

Poi arrivò il linguaggio parlato. La lingua è quello che contraddistingue l'Homo Sapiens dalle altre specie.

Non abbiamo tracce di quando sia nato questo modo di comunicare, perché all'epoca ovviamente non esistevano neanche i registratori magnetici a cassetta.

E quindi i Linguisti (quelli che studiano le lingue) hanno un bel dibattere fra loro.

Sembra che il passaggio più grande nell'evoluzione del linguaggio sia quello da un certo PIDGIN (una specie di idioma derivante da un mix di popolazioni differenti che girovagavano per la terra, come antichi zingari) al Creolo (tipici esempi di lingua Creole sono il Giamaicano, il Chabacano, il Papiamento, e le lingue parlate a Capo Verde, Mauritius e a Belgranodeutsh, un quartiere di Buenos Aires), che ha già una sua grammatica e sintassi simile ad una lingua moderna.

Ora che ho fatto la storia della Storia della Teoria dei Segnali, se qualcuno di voi sta ancora leggendo, poiché mi rendo conto che la storia per molti può essere "pallosa", possiamo passare all'attualità della Teoria dei Segnali.

Oggi segnali ne riceviamo da ogni dove. Essere "senza segnale" è spesso sinonimo di "non c'è campo", e quindi Adiòs Telefono, SMS, Internet e WhatsApp.

 Diventa un vero disastro perché ci sentiamo soli e isolati.

Non potremmo stare più di un giorno così. C'è chi non

resiste neanche 1/2 ora.

Sì, forse ci sono persone che ce la fanno, ma sono eremiti o fuori dal mondo, con tutto il rispetto e senza offesa s'intenda.

Tutti cerchiamo il Segnale.

Tutti vogliamo Segnali.

Sì d'accordo, a volte non ci piacciono proprio tutti.

Per esempio quando vedo un segnale così

su una strada larga e vuota e viaggio su un'automobile non necessariamente Super/De Lux, mi possono venire i nervi se qualche Vigilante, nascosto dietro una siepe con telelaser tarato sui 55 Km/h, mi multa perché non ho rispettato il limite…

Ma in questi casi i segnali sono tipo "REGOLE" e come sappiamo è difficile rispettare tutte le regole, leggi e leggine di oggi.

Ma non si potrebbe semplificarle un po'?

Tutti dicono di sì, a partire dai politici in campagna

elettorale, che promettono sempre che lo faranno, ma poi una volta seduti in poltrona… Ciao!

Beh, non volevo parlare di politica, ma questo argomento mi ha fatto venire in mente le Stelle.

Non 5, ma i Milioni di Stelle che ci sono nella volta celeste. Anche loro ci danno dei bei segnali!

Ci sono fior fiore di Astrologi e Astronomi che vedono passato, presente e futuro tramite la lettura delle Stelle.

Più banalmente, il bravo pescatore sa che la buona pesca si fa al crescere di Luna; come dice un vecchio proverbio Veneto *"Luna in piè, marinaio sentà"* (= luna in piedi, marinaio seduto).

Ma anche gli astri ci possono ingannare. O meglio, magari siamo noi che forse non riusciamo ad interpretare bene i loro segnali luminosi.

Come dice il detto "Quando il saggio indica la Luna, lo stolto guarda il dito".

Con questo non voglio mica offendere nessuno, ci mancherebbe. Direi che siamo tutti un po' stolti, o forse meglio dire "DISTRATTI".

Eh sì, oggigiorno è facile distrarsi. Siamo letteralmente bombardati da possibili distrazioni.

E' difficilissimo rimanere concentrati, diciamoci la verità. Fra telefonini, siti internet, videogiochi, programmi televisivi, film, chat, social, forum, lavoro e lavatrici, pranzi e cene, etc. etc.

Ci vuole una Grande Calma, o come si dice in Cecoslovacco *"TO CHCE KILD"*.

Ma come possiamo fare noi bambini grandi adulti e "vecchi moderni" per raggiungere e soprattutto mantenere la Desiderata Grande Calma?

Domanda difficile.

Nelle prossime pagine provo a darvi qualche "Segnale Teorico", per restare in tema col titolo di questa storia.

PROSEGUE

SEGNALE Nr. 1: *RESPIRARE*

SEGNALE Nr. 2: *CAMMINARE*

SEGNALE Nr. 3: *OSSERVARE LA GENTE CON EMPATIA*

SEGNALE Nr. 4:   *OSSERVARE LA NATURA, ASSECONDARLA E SALVAGUARDARLA*

SEGNALE Nr. 5:   *ALIMENTARSI IN MANIERA SANA*

SEGNALE Nr. 6: *ACCETTARE E ACCETTARSI*

SEGNALE Nr. 7: ESSERE SPONTANEI E SEGUIRE IL PROPRIO BUON CUORE

SEGNALE Nr. ∞: *SORRIDERE ALLA VITA*

EPILOGO

Penso che la sofferenza sia inevitabilmente presente nella vita di tutti. Ma se riusciamo a identificarne le cause, possiamo porvi fine e liberarcene.

Il mondo di oggi, come quello di ieri, gira frenetico, come una turbina che pare sempre aver raggiunto o superato la sua *Peak Force*, (= forza max che assicura il non surriscaldamento di un motore).

Siamo preoccupati. A volte temiamo il peggio, per noi, per i nostri figli e le generazioni future.

Ma credo che possa esserci una via d'uscita.

Coltiviamo il benessere personale e viviamo con spontaneità e consapevolezza ogni gesto o accadimento delle nostre giornate, lasciando spazio anche al Bambino che è in noi.

Se ci comportiamo così, seguendo il ritmo della nostra Natura, aiuteremo anche gli altri a soffrire meno e ad essere più Felici. Ne sono certo.

RINGRAZIAMENTI

Grazie di cuore a Valentina, la mia musa ispiratrice e a Monica (che me l'ha presentata), a Viviana Sofia e Antonella, Giovanni e Pier, Enrico, Paola e Shanti, Alessia, Valerio, Federica, Antonietta, Andrea, Angela e Enea, Mara e Andrea, Davide, Elena e Enrico, Regina, Jules e Franca, David, Alfredo, Silvia, Bruno, Gianni, Michele e Laura, Leonardo, Gianni, Alessio, Luigi, Maria, Zakiya, Pia e Dante… e quanti altri hanno accettato di leggere in anteprima queste storie.

Grazie a naturalmente anche a Te che stai leggendo e a Tutti quanti leggeranno queste storie e/o vorranno continuarle, o riscriverle, o postarle, o linkarle entrando in *barattostories.it*. Per entrare in gioco, basta scannerizzare il QR-CODE a pagina seguente.

Buona Navigazione e chissà che non scopriamo un Nuovo Mondo…

www.barattostories.it

Finito di stampare nel mese di Dicembre 2018
per conto di Youcanprint *Self-Publishing*

www.ingramcontent.com/pod-product-compliance
Lightning Source LLC
LaVergne TN
LVHW041224200726

843507LV00013B/2571